La Lente

Marie Griessinger • Lynda Corazza

Comme toutes les autres lettres de l'alphabet,
 *habite au Pays des Livres.*
Au Pays des Livres, les paysages sont des images,
le ciel, de l'encre pâle, et le vent se lève quand on tourne les pages…

L est lente depuis belle lurette.
Encore plus lente que Lola, sa limace en élastique.
Du lever au coucher du soleil, elle bâille, se débarbouille et gribouille lentement. Même la nuit, ses rêves sont au ralenti.

DRIIIIIIING
éco

L a loupé au moins mille arcs-en-ciel et des millions d'étoiles filantes. À chaque fois elle arrive trop tard.
« Hélas, l'étoile a filé depuis longtemps, lui lancent les autres lettres.
– C'est pas de bol », se lamente L.

Aujourd'hui, les lettres se préparent pour le carnaval à l'école.
L noue tranquillement ses lacets. Une boucle, puis l'autre…
« Flûte, elles ne sont pas belles, mes boucles. Je les refais.
– L, accélère ! lui dit son amie P la Pipelette.
On va ENCORE rater le défilé ! »

PAPER BUVARD

Sur le chemin, elles se font doubler par toute l'école.
Et même par Léo, l'escarpot de colle qui se déplace
à deux à l'heure.

Quand elles finissent par arriver, le défilé est déjà terminé.
Les deux amies sont les seules déguisées au milieu de leur classe.
« Oh ! là là ! On a l'air totalement ridicules, souffle L à sa limace.
– Tu peux le dire ! » sanglote P, en colère.

« Ce n’est pas possible, dit l’Impatiente aux autres lettres, on ne peut pas l’attendre éternellement !

– Mais que faire alors ? » se lamente l’Ultrasensible.

Elles réfléchissent pendant des lustres, parlementent et se querellent jusqu’à trouver une drôle d’idée.

Bla
Bla
Bla
Bla
Bla
Bla
Bla

« L, nous allons te donner la plus grande des responsabilités, déclare O l'Original. Cette année, c'est à TOI que l'on va confier le premier rôle du spectacle de l'école. Et comme ça, tu seras bien obligée d'être à l'heure !
– Soyez tranquilles, j'en suis capable », déclare L sans se dégonfler.

Mais une fois seule avec Lola…
« Oh ! là là, Lola, c'est la première fois qu'on me donne une telle responsabilité, dit-elle affolée. Si je n'arrive pas à temps, tout le spectacle tombe à l'eau… Je dois trouver une solution ! »

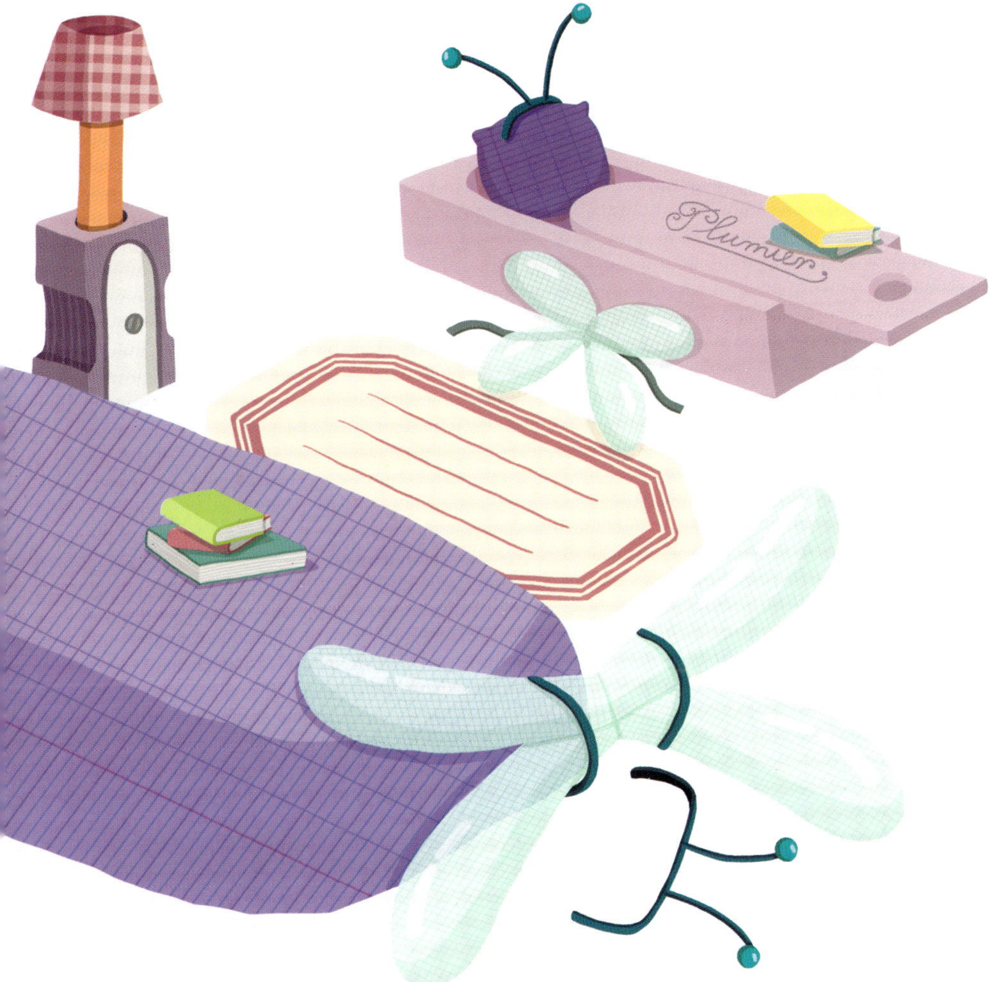
Plumier

S'il y a bien quelque chose que L sait faire, c'est prendre le temps de réfléchir. Elle réfléchit longtemps, très longtemps. Elle réfléchit sans en avoir l'air, en chantant « lalalalalère », en lavant Lola (glouglou)…

lalalalalère
Peinture
à l'eau
Slurp
PAPIER BUVARD

Quand tout à coup…
« Des roulettes ! s'exclame-t-elle. La voilà, l'idée géniale !
Viens, Lola, il y a quelqu'un qui peut nous filer un coup de main. »
Et elles rappliquent chez D le Débrouillard. Avec un peu de colle, de fil et des piles, il leur bricole de fabuleux rollers électriques.

Atelier

Grâce à ses patins à roulettes, L peut enfin filer comme le vent. Elle réussit même à doubler Léo et arrive à l'école avant tout le monde pour la fête.

L la Lente est la première à enfiler ses ballerines pour danser *Le Lac des signes.* Quand arrive le salut final, toute la foule l'applaudit, et même Lola fait la ola. Car le public était loin de s'imaginer qu'elle accomplirait un tel exploit.

Être lent, ce n'est pas si grave,
il suffit d'accélérer au bon moment !
Et ça, L l'a vite compris !

CLAP
CLAP
CLAP
CLAP

Entraîne-toi à écrire la lettre 

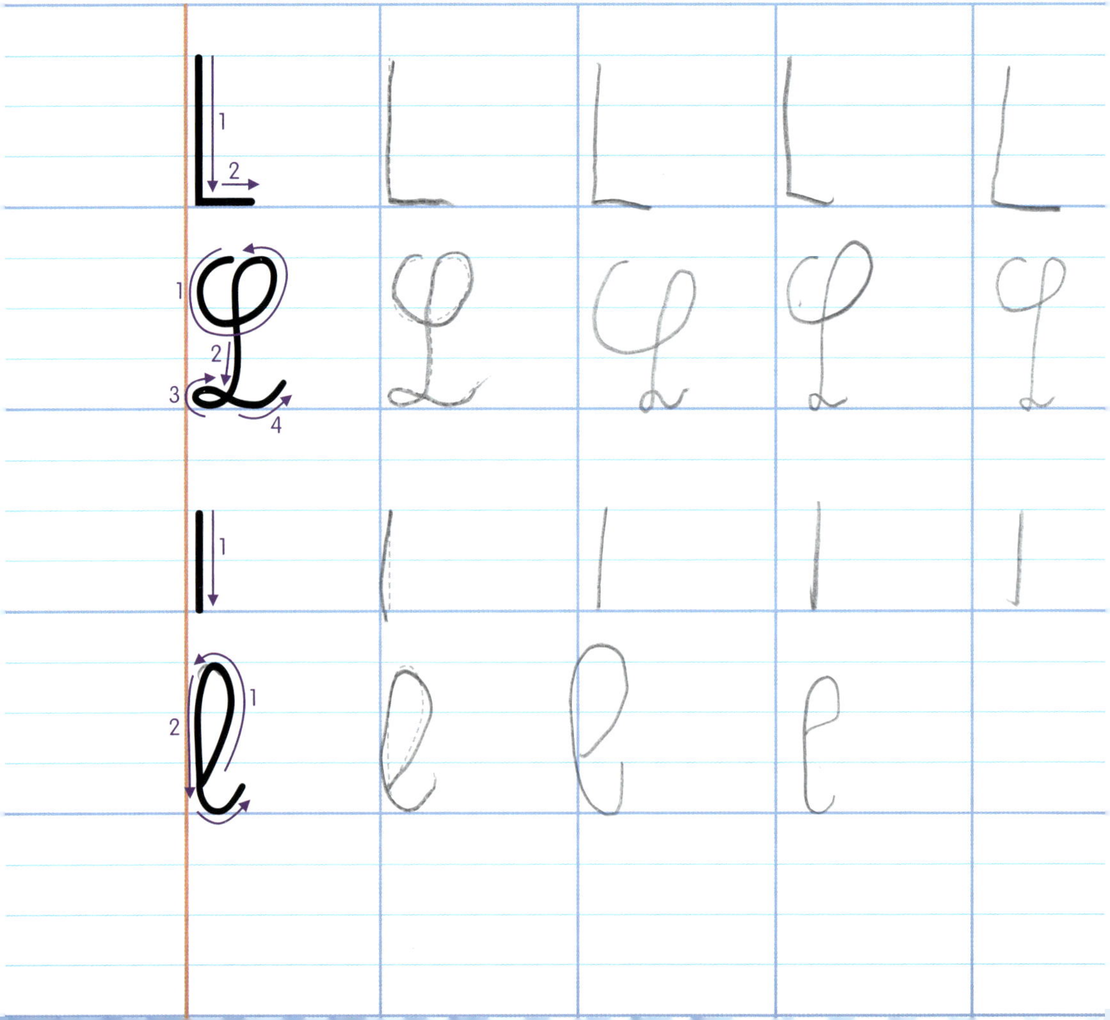

Édité par Splash ! Éditions
31 rue d'Amsterdam
75008 Paris

www.splash-editions.com

ISBN : 978-2-3682908-1-1
Dépôt légal : février 2015
Loi n° 49-956 du 16 juillet sur les publications destinées à la jeunesse

Réalisation graphique : Pykha
Fabrication : Labelfab
Imprimé en France par Stin imprimerie

PEFC 10-31-2841 / **PEFC recyclé** / Ce produit est issu de sources recyclées et contrôlées. / pefc-france.org